Tha an leabhar seo le:

_____

RÒBOTAN SCHOTT

Bi air do dhòigh le droid!

CATALOG AN EARRAICH

NA DEAN DÀIL! FAIGH E 'N DRÀST
☎ FÒN 0800 932 RÒBOT

ROB AN CÒCAIRE
MODEL NO: 15642

CHA DO DH'FHEUCH THU BIADH CHO BLASTA
FEÒIL IS IASG, 'S GU H-ÀRAID PASTA!

ROB AN STEALLADAIR
MODEL NO: 13986

STEALL NO FRAS NUAIR BHIOS E DHÌTH ORT
'S BIDH TU CHEART CHO GLAN RI PRÌNE.

ROB NA TIORMACHD
MODEL NO: 13278

"A' GHAOTH BHON EAR!"

SEARBHADAIR CHAN IARR THU TUILLEADH
THA AN GAISGEACH SEO NAS FHEÀRR NA TUBHAILT

ROB AN AODAICH
MODEL NO: 15731

NAD BHRÒGAN ÙR 'S DO CHÒTA SNASAIL
CHAN FHAICEAR AIR AN T-SRÀID CHO SPAIDEIL

ROB AN GLANADAIR
MODEL NO: 12967

GED BHIODH DO DHACHAIGH MAR FAIL-MHUC
CHAN FHÀG E CÙIL GUN GHLANADH DHUT.

ROB NAN LEABHRAICHEAN
MODEL NO: 7372

MUR EIL TÌD' AGAD SON LEUGHADH
INNSIDH ESAN DHUT DEAGH SGEULA.

ROB NAM FIACLAN
MODEL NO: 12087

FLOSS
NA
CHOIS
*

BIDH D' FHIACLAN CHO GEAL RIS A' CHANACH
'S BIDH DO GHÀIRE GAR DALLADH!

Dha Fidelma agus Tony - S.T.

Dha Hal agus Ida - R.C.

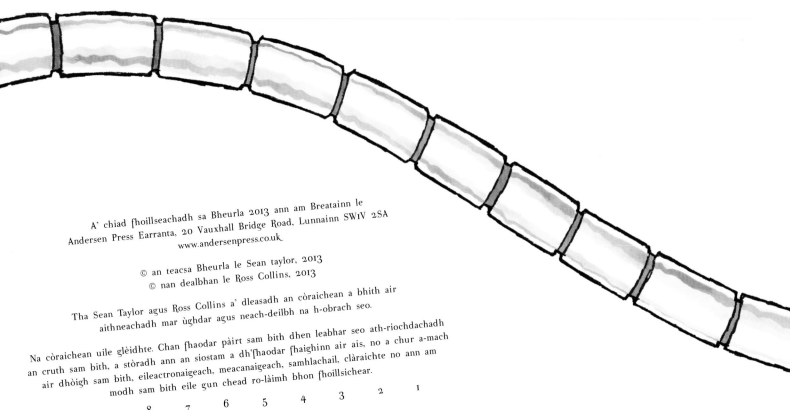

A' chiad fhoillseachadh sa Bheurla 2013 ann am Breatainn le
Andersen Press Earranta, 20 Vauxhall Bridge Road, Lunnainn SW1V 2SA
www.andersenpress.co.uk

© an teacsa Bheurla le Sean taylor, 2013
© nan dealbhan le Ross Collins, 2013

Tha Sean Taylor agus Ross Collins a' dleasadh an còraichean a bhith air
aithneachadh mar ùghdar agus neach-deilbh na h-obrach seo.

10   9   8   7   6   5   4   3   2   1

A' chiad fhoillseachadh sa Ghàidhlig 2014 Acair Earranta
An Tosgan, Rathad Shìophoirt, Steòrnabhagh, Eilean Leòdhais HS1 2SD
info@acairbooks.com   www.acairbooks.com

© an teacsa Ghàidhlig 2014 Acair Earranta

An tionndadh Gàidhlig Tormod Caimbeul
An dealbhachadh sa Ghàidhlig Mairead Anna NicLeòid

Tha Acair a' faighinn taic bho Bhòrd na Gàidhlig.

Fhuair Urras Leabhraichean na h-Alba taic airgid bho Bhòrd na Gàidhlig
le foillseachadh nan leabhraichean Gàidhlig *Bookbug*.

Gheibhear clàr catalog CIP airson an leabhair seo ann an Leabharlann Bhreatainn.

Clò-bhuailte ann an Singapore le Tien Wah Press

LAGE/ISBN 978-0-86152-513-3

Thuirt mo phàrantan rium a-raoir
"Tha sinne dol a-mach air splaoid,
Ach fhuair sinn RÒBOTAN bho SCHOTT
a sheallas as do dhèidh a-nochd."

"Chan urrainn dhaibh, a ghràidh, dhol ceàrr."
Thuirt mo mhàthair 's i na cabhaig.
'S chuir m' athair air iad leis a' remote.
A' gàireachdainn a-mach an doras.

An uairsin rinn Rob an Còcaire biadh.

A shamhail cha do bhlais thu riamh.

'S bha Rob an Glanadair na fhallas.
Thall sa bhos a' nighe 's a' glanadh.

"Mach à seo a-nis dhan amar."
arsa Rob an Stealladair.
"Nighidh mi-fhìn do dhruim le spuinnse.
's as dèidh sin, fras bhon fhrasadair."

Ach sùil dhan tug e os mo chionn
's a chunnaic e cò bha air a' sgeilp —
Mo charaid an crogall 's an ochd-chasach —
Leig e èighe 's rinn e às.

Thuirt e gu robh cunnart anns an uisg'

trì solais dhearg a' dol gun sguir —

Agus dh'aom e sìos air Rob an Aodaich,

a thuit le clab air Rob nam Fiaclan.

'S bha Rob an Aodaich a' cur nan caran.
Gun sìon a dh'fhios aige dè thachair

'S bha Rob nam Fiaclan gun sgot riamh
a' spùtadh toothpaste an ear 's an iar.

Rob an Glanadair gu sgafanta
feuchainn ris an àit' a ghlanadh.

Is thòisich a' ghaoth mhòr a' sèideadh.
Rob na Tiormachd troimh-a-chèile.

Rob an Còcaire thug e sùil.
A' beachdachadh air a' chùis.
Ghnog e cheann is thàrr e às —
Chuireadh esan a h-uile rud ceart.

Ach nuair a thìll e — O mo chreach!
Dè bha siud aige sa phrais?
Lèig spaghetti 's cnapan feòil
a dhòirt e dhan amar — an cù air a dhòigh.

Tha fiosam nach urrainn dha Ròbotan gal
ach bha iad uile tùrsach, lag.

Rob nan Leabhraichean, bha esan gruamach,
ceò ag èirigh às a chluasan.

Rob na Gaoithe fhathast na dheann
's mo phyjamas na shnaidhm mu cheann.

Bha siud gu leòr. Oidhche Mhath leibh —
mise a-nise a' dol dhan leabaidh.

'S cha chreid mi-fhìn nach robh iad sgìth.
Beagan gleadhraich, beagan gàgail.
'S an uair sin chaidh an àite sàmhach . . .

... gus na thill m' athair agus mo mhàthair.

'S nuair a chunnaic iad an sealladh
dhùisgeadh an èigheachd aca MacTalla –
Agus is iongantach leams gun d' fhuair iad norradh . . .

AAAARGH!!!!

SEACHD RÒBOTAN CÒMHLA RIUTHA SA LEABAIDH!

RÒBOTAN SCHOTT

Bi air do dhòigh le droid!

CATALOG AN EARRAICH

NA DEAN DÀIL! FAIGH E 'N DRÀST
☎ FÒN 0800 932 RÒBOT

ROB AN CÒCAIRE
MODEL NO: 15642

CHA DO DH'FHEUCH THU BIADH CHO BLASTA
FEÒIL IS IASG, 'S GU H-ÀRAID PASTA!

ROB AN STEALLADAIR
MODEL NO: 13986

STEALL NO FRAS NUAIR BHIOS E DHÌTH ORT
'S BIDH TU CHEART CHO GLAN RI PRÌNE.

ROB NA TIORMACHD
MODEL NO: 13278

SEARBHADAIR CHAN IARR THU TUILLEADH
THA AN GAISGEACH SEO NAS FHEÀRR NA TUBHAILT

ROB AN AODAICH
MODEL NO: 15731

ÙR!

AIR AIS AIG SCHOTT SA BHÙTH THEICNICEACH

NAD BHRÒGAN ÙR 'S DO CHÒTA SNASAIL
CHAN FHAICEAR AIR AN T-SRÀID CHO SPAIDEIL

ROB AN GLANADAIR
MODEL NO: 12967

AIR AIS AIG SCHOTT SA BHÙTH THEICNICEACH

GED BHIODH DO DHACHAIGH MAR FAIL-MHUC
CHAN FHÀG E CÙIL GUN GHLANADH DHUT.

ROB NAN LEABHRAICHEAN
MODEL NO: 7372

AIR AIS AIG SCHOTT SA BHÙTH THEICNICEACH

MUR EIL TÌD' AGAD SON LEUGHADH
INNSIDH ESAN DHUT DEAGH SGEULA.

ROB NAM FIACLAN
MODEL NO: 12087

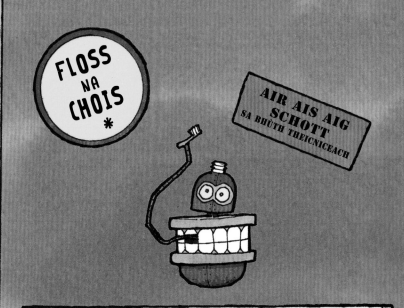

FLOSS NA CHOIS *

AIR AIS AIG SCHOTT SA BHÙTH THEICNICEACH

BIDH D' FHIACLAN CHO GEAL RIS A' CHANACH
'S BIDH DO GHÀIRE GAR DALLADH!